BREVET en poche

L.P.

français

H. Lefebvre

VUIBERT

ISBN : 2-7117-0157-3

Librairie Vuibert, mars 1987.
63, boulevard Saint-Germain.
75005 Paris.

SOMMAIRE

INTRODUCTION

A la fin de l'année scolaire, vous allez passer le Brevet. Ce sera, pour la plupart d'entre vous, votre premier examen et vous risquez de perdre une partie de vos possibilités par appréhension. Toutefois, si vous arrivez « fin prêt » le matin du « grand jour », la nouveauté de l'exercice peut vous stimuler. Peut-être même réaliserez-vous de meilleurs devoirs aux épreuves de l'examen qu'en classe ou à la maison!...

Tout d'abord, **ne vous inquiétez pas** inutilement : le Brevet se déroule presque comme un devoir en classe. Les sujets que vous devrez traiter porteront d'ailleurs tous sur le **programme** de deuxième année de C.A.P. La grande différence se trouvera dans le fait que vous ne devrez pas réviser ce que vous aurez étudié pendant les quinze jours précédents mais **tout ce que vous aurez appris** pendant l'année scolaire.

De plus, les **circonstances** changeront : sauf si votre centre d'examen se trouve être, par hasard, l'établissement où vous suivez votre scolarité, vous serez dans des locaux que vous ne connaîtrez pas. En outre, les épreuves auront, quoi qu'il arrive, lieu à la date et à l'heure fixées. On vous refusera cinq minutes supplémentaires pour finir de recopier. On ne vous admettra même pas à pénétrer dans la salle d'examen si vous arrivez après la distribution des sujets. Surtout, il sera absolument impossible de tricher... et très dangereux d'essayer. L'administration vous fournira, d'ailleurs, du papier de brouillon et des copies. Entraînez-vous donc à travailler toujours honnêtement pour vous donner toutes les chances de réussir aux examens.

CONSEILS POUR PASSER LE BREVET

1 COMMENT VOUS PRÉPARER?

1. UN TRAVAIL DE LONGUE HALEINE

a. En classe

Les épreuves du Brevet portent donc sur le programme de la deuxième année de C.A.P., mais elles visent également à vérifier que vous avez assimilé l'essentiel des méthodes enseignées à l'école primaire puis au collège et en L.E.P. Il faut donc **travailler régulièrement**.

Écoutez attentivement tous les cours (même ceux qui ne vous intéressent qu'à demi). Ne vous laissez jamais distraire. Si vous n'êtes pas certain d'avoir parfaitement compris une leçon, n'hésitez pas à poser des questions. Tenez proprement vos cahiers et classeurs. Évitez de les oublier. Si vous manquez un cours, recopiez sur un élève sérieux. Demandez éventuellement à votre professeur si votre camarade n'a rien omis d'important. Apprenez régulièrement vos leçons. Faites tous les exercices et devoirs demandés. Ce n'est que par **un effort régulier** que vous vous armerez pour le Brevet... et pour la vie.

b. Chez vous

Conservez vos notes de cours. **Relisez-les** de temps en temps – pendant les vacances d'été, par exemple.

Cherchez à vous informer. **Lisez** : des romans, bien sûr, mais aussi des ouvrages techniques ou des magazines sur des sujets qui vous intéressent. Si vous avez la télévision, choisissez bien vos émissions : les revues spécialisées signalent les bons films. Regardez quelquefois les débats comme *Les dossiers de l'écran* ou *L'avenir du futur* : vous y apprendrez certainement des choses qui vous intéresseront. Écoutez les informations en essayant de retenir ce qui vous semble important (... et pas seulement les résultats des matches de foot.). Lisez parfois des quotidiens.

2. RÉVISIONS ET GESTES INDISPENSABLES

a. Un mois avant l'examen

Établissez (avec l'aide de vos enseignants s'ils y consentent) un **calendrier** de vos révisions et **suivez-le** sans prendre de retard. Ne remettez pas au dernier moment ce qui vous ennuie le plus. **Relisez,** en plus de vos notes de cours et de vos manuels, quelques-uns de vos devoirs, si vous les avez conservés, et demandez-vous comment vous pourriez les améliorer.

Sans consacrer tout votre temps à vos révisions, évitez les « sorties » trop fatigantes. Dormez régulièrement. Ayez une activité physique. Surveillez votre alimentation (attention aux « crises de foie »!...).

Reconnaissez, au moins une fois, le chemin.

b. La veille

Les révisions doivent impérativement être terminées. Distrayez-vous.

Dînez légèrement, d'aliments qui « passent » facilement.

Assurez-vous que vous pourrez arriver à temps le lendemain sur le lieu de votre examen : prévoyez un réveil de secours; si quelqu'un doit vous y emmener, rappelez-le lui; si vous devez vous y rendre par vos propres moyens, envisagez l'éventualité d'une crevaison ou d'une grève des chauffeurs d'autobus, par exemple.

Préparez votre convocation, une pièce d'identité, des stylos bleus ou noirs (surtout pas de rouge), bille ou plume.

Une fois assuré que tout est prêt, **dormez** tranquille.

c. Le matin du grand jour

Levez-vous de bonne heure afin d'être parfaitement réveillé. Soignez votre petit déjeuner, munissez-vous de biscuits secs à grignoter... discrètement. Prenez votre temps mais **soyez à l'heure**.

3. *EN ATTENDANT LE DÉBUT DE L'ÉPREUVE*

a. Préparez votre copie

Vous devez **remplir** votre copie puis **rabattre et coller** le coin noirci en haut et à droite. Faites-le soigneusement : une seule erreur peut faire annuler votre travail. Tout ceci vise à rendre votre devoir anonyme, ne le signez donc pas!

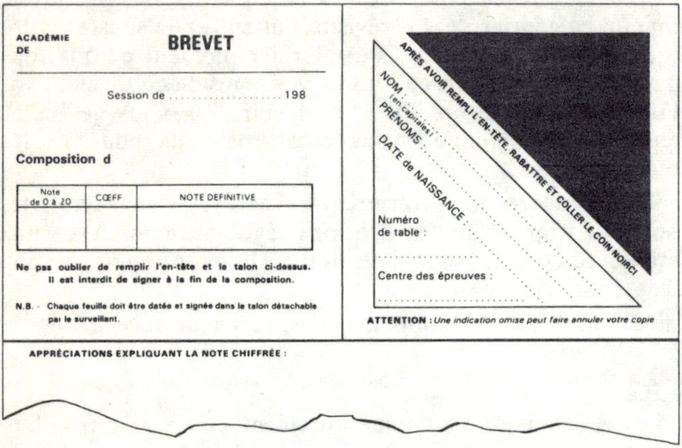
ACADÉMIE DE

BREVET

Session de 198

Composition d

Note de 0 à 20	CŒFF	NOTE DEFINITIVE

Ne pas oublier de remplir l'en-tête et le talon ci-dessus. Il est interdit de signer à la fin de la composition.

N.B. - Chaque feuille doit être datée et signée dans le talon détachable par le surveillant.

APRÈS AVOIR REMPLI L'EN-TÊTE, RABATTRE ET COLLER LE COIN NOIRCI

NOM : (en capitales) ....

PRÉNOMS : ....

DATE de NAISSANCE : ....

Numéro de table : ....

Centre des épreuves : ....

ATTENTION : *Une indication omise peut faire annuler votre copie*

APPRÉCIATIONS EXPLIQUANT LA NOTE CHIFFRÉE :

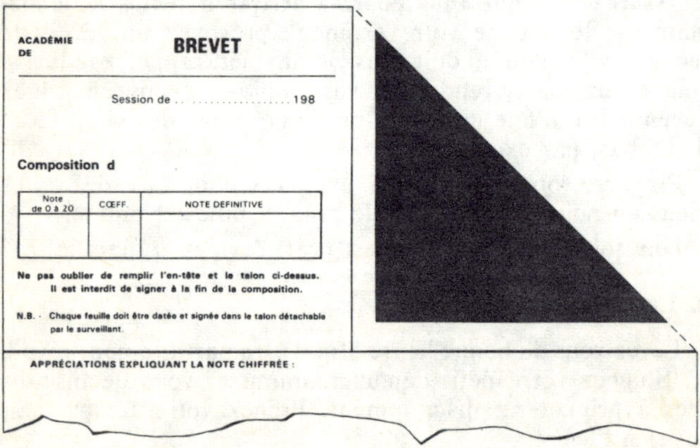
ACADÉMIE DE

BREVET

Session de 198

Composition d

Note de 0 à 20	CŒFF	NOTE DEFINITIVE

Ne pas oublier de remplir l'en-tête et le talon ci-dessus. Il est interdit de signer à la fin de la composition.

N.B. - Chaque feuille doit être datée et signée dans le talon détachable par le surveillant.

APPRÉCIATIONS EXPLIQUANT LA NOTE CHIFFRÉE :

b. Préparez-vous

Sortez votre convocation et votre carte d'identité. Si vous êtes anxieux, mangez un biscuit ou deux. **Calmez-vous** : si vous êtes « prêt », vous n'avez rien à craindre, sinon... il vous faut être au mieux de vos possibilités.

2 COMMENT COMPOSER VOS ÉPREUVES ?

L'épreuve de français au Brevet comporte, en fait, **plusieurs devoirs.** Dans un premier temps, on vous distribuera un texte d'une vingtaine de lignes accompagné de questions et d'un ou plusieurs sujets de rédaction. Ensuite, après une courte pause, vous devrez passer l'épreuve d'orthographe.

1. LES QUESTIONS

a. Des questions séparées de la dictée

Contrairement à ce que vous avez certainement l'habitude de traiter en classe, les questions **ne porteront pas sur la dictée** mais sur un texte dactylographié.

Ceci présente un certain nombre d'**avantages**. En effet, comme l'extrait que vous devrez étudier sera tapé à la machine, il sera parfaitement lisible. De plus, on ne vous demandera pas de rendre la feuille sur laquelle il se trouve à la fin de l'épreuve : vous pourrez donc souligner ou encadrer les mots et expressions que vous souhaiterez retrouver rapidement ; mais attention : il faudra prendre le temps de recopier ce que vous aurez ainsi relevé. Enfin, vous pouvez toujours oublier un mot dans une dictée, mal comprendre une expression ; ainsi, vous serez certain d'avoir le texte tel qu'on vous demande de l'étudier... et sans fautes d'orthographe !...

b. Quelles questions ?

Les questions ne devront pas vous surprendre car vous en aurez traité de comparables en classe. Vous devrez, par exemple, donner un *titre* au texte qui vous a été distribué, en exprimer, en une ou deux phrases, l'*idée principale, expliquer* le sens d'un mot ou d'une phrase, etc. Il s'agit alors de montrer que vous avez bien **compris le sens du texte**. Exprimez-vous simplement mais clairement.

Votre devoir comportera sans doute également une partie plus strictement **grammaticale** : relevé des verbes conjugués, étude d'un temps ou d'un mode, justification d'une terminaison, etc. Si l'on vous demande, sans plus de précisions, une *analyse grammaticale* d'un mot, d'un groupe de mots ou d'une proposition, on attend de vous que vous indiquiez clairement leur *nature* et leur *fonction,* sans oublier le *genre* et le *nombre* pour le système nominal, la *personne* pour le système verbal. Attention : il n'est pas de sujet sans verbe; **indiquez** donc toujours **à quoi se rapportent les termes que vous analysez,** le nom dont un adjectif est épithète, l'antécédent d'un pronom, etc.

c. Comment les traiter ?

Vous **n'aurez pas le temps** de rédiger au brouillon avant de recopier. Vous devrez donc d'emblée faire preuve de soin et de goût dans votre mise en page. Soulignez les mots dont vous vous servirez afin de les repérer immédiatement dans le texte dactylographié, n'utilisez votre brouillon que pour les phrases que vous aurez de la peine à rédiger. Sur votre copie, numérotez les exercices, surtout si vous répondez sans suivre l'ordre des questions. Mettez entre guillemets les termes que vous citez ou bien soulignez-les dans les analyses grammaticales. Allez à la ligne après chaque partie d'une question; sautez une ligne entre chaque question traitée. Aérez votre présentation. Soignez votre écriture.

2. LA COMPOSITION FRANÇAISE

a. Les sujets

La *composition française* (rédaction) sera en rapport avec le texte sur lequel on vous aura posé les questions. Il est donc important – quoique non obligatoire – de **traiter les questions avant** : vous aurez ainsi une idée plus précise du texte de base. (Attention à bien répartir votre temps : imposez-vous d'achever les questions avant la moitié du temps imparti afin de pouvoir mener la composition française dans de bonnes conditions.)

Il se peut qu'on vous demande d'**imaginer une suite** au texte distribué ou de **raconter une aventure comparable**. Dans le premier cas, veillez à *respecter* scrupuleusement les caractéristiques des personnages : noms, portraits physiques, traits de caractère, etc. N'entrez pas en contradiction avec les événements inventés par l'auteur. Adoptez le même type de narration que lui : s'il dit « je », continuez en vous identifiant au personnage qui raconte l'histoire, employez les mêmes temps, la même tonalité, etc.

Pour imaginer une aventure comparable, il faut s'éloigner du texte de base et *inventer* des personnages tout à fait différents. Seule la structure de l'histoire doit demeurer identique : une déception, une aventure dangereuse ou amusante, par exemple. Vous pouvez, dans ce cas, vous mettre vous-même en scène (en évitant de citer votre nom afin de respecter l'anonymat des copies).

Vous pourrez également vous trouver confronté à un sujet qui fasse davantage appel à la **réflexion** et moins à l'imagination. Ne pensez pas que ce type de sujet soit plus difficile : il s'agit toujours d'expliquer *pourquoi* vous aimez ou n'aimez pas une activité (« Quels sont vos loisirs préférés et pourquoi ? », par exemple), de dire *ce que vous pensez* de phénomènes que vous connaissez tels que la vie en ville ou la délinquance des jeunes. Vous n'avez pas à exprimer vos opinions politiques mais n'ayez crainte, l'examinateur ne cherchera pas à les deviner et ne vous notera pas d'après vos convictions mais d'après **votre manière de les défendre**.

b. Ce qu'il faut faire au brouillon

Vous n'aurez pas, ici non plus, le temps de recopier. Il convient donc d'utiliser au mieux votre papier de brouillon.

Tout d'abord, **lisez attentivement** le ou les sujets sans rien écrire. Si vous avez plusieurs sujets, prenez le temps de choisir. Cherchez à cerner précisément ce qu'on vous demande : *le « hors-sujet » est la faute la plus grave dans une rédaction.*

Au brouillon, notez, telles qu'elles vous viennent, vos idées. Ne cherchez à les ordonner que par la suite. Si certaines s'intègrent mal dans votre organisation, supprimez-les, même si elles vous plaisent. Pour bien les retenir, écrivez au brouillon les idées principales de votre rédaction dans l'ordre où elles devront apparaître. En revanche, **travaillez la rédaction** de votre *introduction* et de votre *conclusion.* Elles seront ainsi particulièrement soignées une fois recopiées. Ceci est important car introduction et conclusion sont le premier et le dernier contact de votre correcteur avec votre devoir, les plus marquants.

c. La présentation de la copie

La présentation et l'orthographe comptent pour cinq points dans la notation de votre composition française. Faites donc un effort.

Écrivez bien. Votre lecteur doit déchiffrer beaucoup de copies, il vous sera reconnaissant de lui éviter de perdre son temps à déchiffrer votre travail.

Aérez votre texte. Passez une ligne entre votre introduction et votre développement ainsi qu'entre votre développement et votre conclusion. A l'intérieur du développement, faites des paragraphes : allez à la ligne sans oublier de commencer votre phrase légèrement en retrait de la marge.

Attachez une grande importance à la **ponctuation**. Vérifiez que chaque phrase que vous écrivez commence bien par une majuscule et se termine par un point et, inversement, que tout ce qui est compris entre la majuscule et le point possède bien sens et cohérence grammaticale.

3. L'ÉPREUVE D'ORTHOGRAPHE

Il est déjà arrivé que l'on demande aux candidats du Brevet, élèves de L.E.P., de compléter un texte « à trous » ou de corriger des fautes volontairement introduites, mais l'épreuve consistera très certainement en une **dictée** de 10 à 15 lignes dactylographiées.

a. Importance de l'orthographe

Avant même la dictée, la qualité de votre orthographe sera prise en compte dans la notation de vos questions et de votre rédaction (ainsi que la présentation de votre travail). De plus, dans votre vie professionnelle et privée, vous éprouverez souvent le besoin d'écrire correctement. **Vous devez donc**

porter à l'orthographe une attention particulièrement importante.

b. Écrivez avec soin

Aérez votre texte : n'écrivez qu'une ligne sur deux. Vous pouvez aussi tracer (à l'aide d'une règle et proprement) une marge à droite afin de faciliter le travail de correction.

Écrivez lisiblement : en cas d'hésitation, un correcteur ne vous accordera pas le « bénéfice du doute ». De plus, il doit lire beaucoup de copies et ne peut qu'être favorable à celles qui sont particulièrement soignées.

Écrivez proprement. Évitez les taches (d'encre, par exemple). Si vous voulez réécrire un mot, rayez-le avec une règle ou effacez-le avec du « blanc » pour machine à écrire que vous laisserez bien sécher. Ne le mettez pas entre parenthèses : cela ne le supprime pas. Méfiez-vous des effaceurs pour stylo-plume, qui laissent souvent des traces sales.

Faites des essais au brouillon si vous hésitez entre deux façons d'écrire un mot : celle qui vous choquera a de fortes chances pour être la mauvaise.

c. Relisez

Vous disposerez d'un peu de temps entre la dictée et la remise de votre copie. **Relisez donc plusieurs fois :** une pour la ponctuation, une pour les accents, une pour les accords des verbes et des participes passés, une pour les accords des groupes nominaux, etc.

N'oubliez pas de numéroter **vos copies** (et non vos pages) s'il y en a plusieurs. Avant de remettre votre travail, vérifiez que vous avez bien rempli l'en-tête et anonymé.

3 LE « POINT » SUR LA PONCTUATION

Elle aide à lire correctement. En effet, elle permet de distinguer facilement les *groupes grammaticaux* (c'est pourquoi il ne faut jamais briser un groupe nominal, par exemple, par une virgule), et indique *l'intonation.*

• *La majuscule* **[A, B, C, D, ...]**

Ce n'est pas, à proprement parler, un signe de ponctuation, mais elle en a le fonctionnement. Elle se place :

– à la première lettre d'une phrase ou d'un vers,

– à la première lettre d'un nom propre et de certains termes de politesse.

⇛ **M**onsieur **M**artin

• *Le point* **[.]**

Il marque la fin d'une phrase.

• *La virgule* **[,]**

Elle sépare, au sein d'une même phrase, des éléments qui sont, soit de même nature, soit de même fonction et qui pourraient être coordonnés mais ne le sont pas.

⇛ Un, deux, trois... / un **ou** deux

• *Les points d'interrogation* [?] *et d'exclamation* [!]

Ils indiquent une intonation. Ils ne sont suivis d'une majuscule que si une phrase nouvelle commence.

⇛ *O rage! ô désespoir! ô vieillesse ennemie!*
N'ai-je donc tant vécu que pour cette infamie?

(Corneille, *Le Cid*)

• *Les deux points* [:]

Ils annoncent les paroles de quelqu'un ou une explication.

⇛ Il dit : « Viens ». Elle n'est pas sortie : il pleuvait trop.

• *Les trois points (points de suspension)* [...]

Ils indiquent que, pour une raison ou pour une autre, la phrase ou la liste n'est pas achevée. Dans le cas d'une liste, on peut leur substituer « etc. ».

⇛ Un, deux, trois...

• *Les guillemets* [« »]

Ils encadrent les paroles de quelqu'un ou une citation.

⇛ Elle dit : « J'ai faim. »

• *Les parenthèses* [( )]

Elles isolent une idée qui pourrait être supprimée sans altérer le sens ou l'unité d'une phrase.

⇛ Elle a mangé (quelle gourmande !) tous les chocolats.

• *Le trait d'union* [-]

On l'emploie dans les mots composés ou pour couper un mot en fin de ligne. Dans ce cas, il figure à la fin de la ligne où se trouve la première partie du mot coupé et jamais au début de la suivante. Attention : la coupe d'un mot ne se fait pas n'importe où; elle doit toujours se placer à la fin d'une syllabe :

On peut couper bicyclette après bi-, après bicyclet-, bicy-, mais pas après *bic-, *bicycl- ou *bicycle-.

⇛ Porte-cigarettes, ciga-
rettes.

---

* Les formes fautives sont signalées par un astérisque.

ORTHOGRAPHE

1 *LE PLURIEL DES NOMS ET ADJECTIFS*

Le plus souvent, pour mettre un nom ou un adjectif au pluriel, il suffit d'ajouter *-s* à la forme du singulier. **Attention** : les noms et adjectifs ne font jamais leur pluriel en *-ent*, qui est une terminaison verbale. Un verbe se reconnaît à ce qu'on peut le changer de *temps* (passer du **présent** à l'**imparfait**, par exemple) ou de *personne* (dire **je** au lieu de **il**, par exemple).

• *Les noms terminés en* **-s**, **-x** ou **-z**

Ils demeurent invariables.

⇛ Un puit**s** / des puit**s**, un pri**x** / des pri**x**, un ne**z** / des ne**z**

• *Les mots en* **-au**, **-eau**, **-eu** et **-oeu**

Ils prennent *-x* au pluriel sauf quelques rares exceptions : sarrau, landau, bleu, émeu, lieu (poisson), qui prennent *-s*.

⇛ Un chât**eau** / des chât**eaux**, mais un land**au** / des lan**daus**

• *Les noms en* **-ou**

Ils prennent *-s* au pluriel, sauf : chou, hibou, caillou, joujou, bijou, genou, et pou qui prennent *-x*.

⇛ Un **cou** / des **cous**, mais un gen**ou** / des gen**oux**

• *Les noms en* **-ail**

Ils prennent *-s* au pluriel, sauf : bail, corail, soupirail, vantail, travail et vitrail qui prennent *-aux*.

⇛ Un port**ail** / des port**ails**, mais un soupir**ail** / des soupi**raux**

• *Les noms et adjectifs en* **-al** et **-ial**

Ils forment leur pluriel en *-aux* (sans *e*) sauf : bal, banal, bancal, carnaval, chacal, cérémonial, fatal, festival, glacial, natal, naval, régal, qui font leur pluriel en *-(i)als*.

⇛ Un cheva**l** / des chev**aux**, mais un chac**al** / des chacals.

Un chantier norm**al** / des chantiers norm**aux**, mais un chantier nav**al** / des chantiers nav**als**

ORTHOGRAPHE

2 LES CONJUGAISONS

Révisez très sérieusement vos conjugaisons : il est impératif de connaître parfaitement les formes du présent, du futur, de l'imparfait, du passé simple et du passé composé des verbes les plus usuels. Vous les trouverez dans tous les livres de grammaire, les guides spécialisés (*Les 5 000 verbes les plus courants* d'H. Lamarck chez Vuibert, par exemple), certains dictionnaires et... vos cours.

Attention aux homonymes! Certaines formes verbales, surtout des formes des verbes *être* et *avoir* se prononcent de la même façon. Si vous hésitez sur l'orthographe à adopter, changez de personne ou de nombre, vous pourrez ainsi les distinguer :

(tu) **es** peut être remplacé par	(je) *suis* ou (vous) *êtes*
(il) **est**	(je) *suis* ou (ils) *sont*
(j') **ai**	(tu) *as* ou (nous) *avons*
(que j') **aie**	(que tu) *aies* ou (que nous) *ayons*
(que tu) **aies**	(que j') *aie* ou (que vous) *ayez*
(qu'il) **ait**	(que j') *aie* ou (qu'ils) *aient*
(qu'ils) **aient**	(que j') *aie* ou (qu'il) *ait*

Cherchez comment vous pourriez, de la même manière, identifier les formes suivantes du verbe avoir :

-as / a

-avais / avait / avaient (+ **avez** dans certaines régions)

-auras / aura

-eu / eue / eût

-aurai / aurez (+ **aurais / aurait / auraient** dans certaines régions)

-eusse / eusses / eussent

-aurons / auront.

3 L'ACCORD DES ADJECTIFS

Les adjectifs qualificatifs s'accordent en genre et en nombre avec le nom ou le pronom auquel ils se rapportent. Pour trouver ce nom, il suffit de poser la question : « Qui est-ce qui...? » :

⇛ Une file de voitures vert**es** (ce sont *les voitures* qui sont vertes) / une file de voitures compact**e** (c'est la *file* qui est compacte).

• *L'adjectif se rapporte à plusieurs noms*

Quand l'adjectif se rapporte à plusieurs noms, l'accord se fait au **pluriel** et le **masculin l'emporte sur le féminin** (c'est-à-dire que si certains de ces noms sont au féminin et d'autres – même un seul – au masculin, l'accord se fait au masculin, mais il reste au féminin si tous les noms sont féminins) :

⇛ Une voiture et une moto neu**ves** / une voiture et un camion neu**fs**

• *Les adjectifs de couleur*

Seuls les adjectifs simples s'accordent : alezan, beige, blanc, bleu, brun, fauve, gris, jaune, mauve, mordoré, rose, rouge, vert, violet... :

⇛ Des cheveux **bruns**, des yeux **bleus**, des roses **rouges**

Les adjectifs composés restent invariables :

⇛ Des cheveux **brun foncé**, des yeux **bleu clair**, des roses **rouge sang**

Si la couleur est désignée par un nom pris comme un adjectif, qu'il soit simple ou composé, celui-ci est invariable : acajou, argent, auburn, azur, bordeaux, corail, crème, ivoire, marron, orange, tête de nègre...

⇛ Des cheveux **auburn**, des yeux **azur**, des roses **orange.**

4 L'ACCORD DES VERBES

Le verbe s'accorde en nombre (**il** vient / **ils** vienn**ent**) et en personne (je, tu, il) avec son *sujet*, même si ce sujet est **loin** du verbe ou placé **après** lui.

⇛ Viens-tu? Dans le port entr**ent** les bateaux.

• *Le verbe a plusieurs sujets*

Quand le verbe a plusieurs sujets, l'accord se fait au pluriel. La 1re personne l'emporte sur les deux autres (*toi + moi* ou *lui + moi = nous*) et la 2e sur la 3e (*toi + lui = vous*).

⇛ Jacques et moi ir**ons** au cinéma.

• *Le sujet* **qui**

Quand *qui* n'a pas d'antécédent, le verbe se met à la 3e personne du singulier :

⇛ Qui **a** mon livre?

Quand *qui* a un antécédent exprimé, l'accord se fait avec cet antécédent :

⇛ C'est *moi* qui l'**ai**.

• *Le participe passé*

Quand il est employé avec l'auxiliaire **être**, le participe passé s'accorde en genre et en nombre avec son *sujet* :

⇛ Marie est ven**ue**. Pierre est part**i**.

Quand il est employé avec l'auxiliaire **avoir**, le participe passé ne s'accorde jamais avec son sujet mais avec son *complément d'objet* si celui-ci est placé *avant* le verbe.

⇛ Il m'a donné *des roses*. *Les roses* qu'il m'a donn**ées** sont très belles.

• *Le participe passé des verbes pronominaux*

Certains verbes, comme *s'abstenir*, n'ont pas de voix active (on ne peut pas dire * *Il abstient*) ni de voix passive (on ne peut pas davantage dire * *Il est abstenu*). D'autres, comme *s'apercevoir*, n'ont pas le même sens que le verbe actif auquel ils correspondent (Il *s'aperçoit* qu'il a eu tort / Il *aperçoit* un objet). On dit qu'ils sont **essentiellement pronominaux**. Dans ce cas, le participe passé s'accorde avec le *sujet* du verbe :

⇛ *Elles* se sont aperç**ues** de leurs torts mais *elles* se sont abstenu**es** d'en parler.

Dans les autres cas, le participe passé s'accorde en genre et en nombre avec son *C.O.D.* (s'il en a un) si celui-ci est placé *avant* le verbe.

⇛ Elle s'est aperç**ue** dans une glace. (Elle a aperçu *elle-même*).

⇛ Elles se sont aperç**ues** en ville. (Chacune a aperçu *l'autre*).

⇛ Elles se sont parl**é**. (Chacune a parlé *à l'autre* – « à l'autre » n'est pas un C.O.D. puisqu'il est construit avec la préposition *à*).

ORTHOGRAPHE

5 LES SIGNES ORTHOGRAPHIQUES

On les joint à des lettres pour en modifier la prononciation.

• *Le tréma* [¨]

Il indique qu'il faut lire séparément deux voyelles qui se suivent ou, dans les finales *-gue* et *-gui*, que le *u* doit être prononcé :

⇛ **Noël** ≠ nœud, aiguë ≠ aigue (marine)

• *La cédille* **[ç]**

Elle se place sous le ç devant toute voyelle autre que *e* et *i* pour signaler qu'il faut prononcer **[s]** :

⇛ **Ça** ≠ **cas**

• *L'accent aigu* [´]

On le met sur le *e* pour montrer qu'il faut prononcer comme dans mang*er* :

⇛ **Né, étoile, blé**

• *L'accent grave* [`]

Sur un *e*, il signale qu'il faut prononcer comme dans m*ai*re :

⇛ **Mère, bègue**

Il permet également de distinguer des homonymes, c'est-à-dire des mots qui se prononcent de la même façon mais n'ont pas le même sens. Pour savoir s'il faut mettre ou non un accent, cherchez à remplacer le mot sur lequel vous hésitez par un autre de sens voisin ou de le conjuguer s'il s'agit d'un verbe. Ainsi, distinguez bien :

-à (préposition, = *vers*) de **a** (troisième personne du singulier du présent de l'indicatif du verbe avoir ≃ *avait*) :

⇛ « Il **a** (*avait*) mangé **à** (*vers*) trois heures. »

-çà (adverbe de lieu, ≃ *là*) de **ça** (démonstratif, = *cela*) :

⇛ Il lui a dit : « Viens **çà** (*là*) que je t'embroche! », oui, vraiment, il lui a dit **ça** (*cela*).

-là (adverbe de lieu, ≃ *ici*) de **la** (article, ≃ *une* ou pronom, = *elle*) :

⇛ Je **la** vois (je vois *elle*) qui mange **la** (*une*) pomme **là** (*ici*).

-où (adverbe de lieu, = *à un endroit*) de **ou** (conjonction de coordination, = *ou bien*).

⇛ **Où** (*à quel endroit*) vas-tu en vacances? A la montagne **ou** (*ou bien*) à la mer?

- *L'accent circonflexe* [ˆ]

On le trouve sur n'importe quelle voyelle sauf *y*. Il indique généralement que cette voyelle est « ouverte » :

⇛ **Pâ**te (à tarte) ≠ **pa**tte (de chien), **cô**te (rivage) ≠ **co**tte (vêtement).

N. B. : On ne met jamais d'accent sur les majuscules.

⇛ Il vient **à** trois heures. **A** quelle heure vient-il?

6 LES « FAUX AMIS »

Pour trouver l'orthographe d'un mot, il suffit souvent de penser à un autre mot de la même famille, surtout pour les finales.

Visser / vis, chat / chatte

Mais méfiez-vous : il existe des familles irrégulières qui risquent de vous faire faire des fautes. Voici quelques-unes des plus courantes.

abri / abriter
alléger / alourdir
charrette / charroi / chariot
concourir / concurrent
discuter / discussion
dix / dizaine
famille / familier / familial
folle / affoler
honneur / honorer
invaincu / invincible
nourrice / nourrisson
salle / salon
sonner / sonnette / sonore
souffler / essouffler / boursoufler
trappe / attraper

QUESTIONS

1 LA COMPRÉHENSION GÉNÉRALE

Pour s'assurer que vous avez bien compris le texte distribué, on vous posera certainement, en premier lieu, une question **sur sa signification générale**.

Cette question peut prendre plusieurs formes.

Vous aurez peut-être intérêt à attendre d'avoir un peu étudié le texte pour y répondre.

En effet, lors d'une première lecture, vous risquez, surtout si vous avez le « trac », de ne pas voir un aspect important du texte.

1. DONNER UN TITRE

Avant d'écrire quoi que ce soit, **cherchez à bien déterminer l'idée principale.** Éliminez toutes les idées secondaires, même si elles vous paraissent intéressantes. Pour vous aider à trouver ce sujet essentiel, regardez s'il n'y a pas de nom répété plusieurs fois ou ayant plusieurs synonymes dans le texte. Si tel est le cas, il y a de fortes chances pour que ce mot soit très important (ceci n'est, bien sûr, pas valable pour les mots qui sont toujours répétés, comme les articles...).

Un bon titre est rarement composé d'une phrase complète. Choisissez, de préférence, une fois déterminé ce que vous voulez exprimer, **une phrase nominale** (c'est-à-dire sans verbe). Inspirez-vous des titres de journaux, d'articles de revues ou des spots publicitaires.

Attention : on peut vous demander de **justifier** votre titre.

2. RÉSUMER

Ici aussi, il faut montrer que vous avez parfaitement compris le texte. Il convient également d'en respecter le mouvement.

Lisez attentivement plusieurs fois le texte à résumer. *Soulignez* les mots qui expriment les idées les plus importantes. *Encadrez* les mots de liaison.

Pour rédiger votre résumé, pensez que vous devez traduire un texte d'une langue longue dans une langue brève, sans en modifier la structure. **N'ajoutez ni ne retirez rien.** Ne changez pas la personne verbale : dites *je* si l'auteur dit *je*. Interdisez-vous toute formule du genre : « L'auteur dit que... ». Respectez l'ordre et la hiérarchie du texte.

Si on vous indique un nombre de mots, respectez-le. Comptez **tous les mots**, même les plus courts (*à* ou *l'*, par exemple).

Attention : un résumé doit être entièrement réécrit; ne reprenez pas les mots ou expressions du texte, cherchez-leur des équivalents.

2 LA DÉFINITION

Il est probable qu'on vous demande de donner la définition d'un certain nombre de mots. Ceux-ci seront tous extraits du texte, et la signification que vous devrez indiquer est celle qu'ils y auront. Il vous faudra montrer que vous avez saisi **ce que vous aurez lu** et non rédiger un article de dictionnaire.

1. COMPRENDRE

Il est donc très important de comprendre, avant toute chose, parfaitement le mot à expliquer. **Attention aux homonymes!** (mots qui se prononcent de la même façon mais ont une signification différente) et aux mots qui se ressemblent comme *décocher* et *décrocher*. Attention également aux mots qui peuvent avoir plusieurs sens et à ceux que vous employez peut-être fautivement : si, par exemple, vous lisez que la moto est, pour les jeunes, un « signe de *classe* », cela veut dire que la possession d'une moto permet de s'affirmer comme membre de la *classe* des jeunes (par rapport à la *classe* des adultes) et non comme quelqu'un de riche!...

Si vous connaissez mal (ou pas du tout) le mot dont vous devez donner la définition, regardez attentivement le **contexte**. C'est ainsi que vous avez appris, peu à peu et presque sans vous en rendre compte, tous les mots que vous connaissez dans la langue française. Pour vous aider, regardez si vous ne pouvez pas distinguer un *préfixe* (*bi-*, *ex-*, *re-*, etc.) ou un *suffixe* (*-able*, *-eur*, *-isme*, etc.) pouvant vous apporter des précisions.

2. DÉFINIR

Mais il ne suffit pas de comprendre, il faut également **montrer que vous avez compris.** On attend de vous une *rédaction* : ne vous contentez pas de remplacer le mot que vous devez définir par un vague synonyme. N'indiquez pas davantage les autres significations possibles de ce mot, sauf si cela vous paraît vraiment très important. Dans ce cas, expliquez **pourquoi** vous avez choisi de citer également ces significations : si vous ne le faites pas, votre correcteur risque de croire que vous ne parvenez pas à choisir entre plusieurs définitions possibles et que vous préférez qu'il le fasse lui-même !...

Dans vos définitions, soyez **précis et rigoureux**. Que penseriez-vous d'un dictionnaire qui affirmerait qu'un chat, « c'est quand ça miaule ou ronronne et que ça monte aux arbres » ? Interdisez-vous toute « définition » commençant par « c'est quand », surtout s'il s'agit d'un nom : **un nom appelle un nom** ou un groupe nominal, un adjectif un autre adjectif ou une proposition subordonnée relative, éventuellement un complément du nom, un verbe un autre verbe, etc.

⇛ **Familial =** « qui concerne la famille ou lui appartient » ou, moins précisément, « de la famille ».

Enfin, vous devez présenter votre définition en une phrase simple, claire et dépourvue de faute.

⇛ « Un **chat** est un petit mammifère familier à poil doux » ou « Le mot chat désigne un petit mammifère... », « On appelle “ chat ” un petit mammifère... », etc.

QUESTIONS

3. ILLUSTRER

Il se peut qu'on vous demande également de reprendre l'un des mots du texte et de l'utiliser dans une phrase en lui donnant une signification différente. Soyez clair : **vous ne devez pas définir le mot, il faut donc que le contexte suffise pour en percevoir la signification.** Choisissez votre phrase comme si vous vous adressiez à un étranger ou à un enfant ignorant réellement le sens du mot que vous cherchez à rendre compréhensible.

Si le texte sur lequel vous travaillez comporte la phrase « Le fleuve *suit son cours* », et que l'on vous demande d'employer le mot « *cours* » dans une phrase où il ait un sens différent, ne vous contentez pas de dire : « Les élèves *suivent leur cours* ». Un étranger ne pourrait pas comprendre! Préférez une phrase du genre de : « Les élèves assistent à un *cours de français* où le professeur leur apprend à rédiger une définition ».

3 *L'ANALYSE GRAMMATICALE*

Si l'on vous demande de faire **l'analyse grammaticale** d'un mot, d'un groupe de mots ou d'une proposition, vous devez indiquer sa *nature* (en précisant genre, personne et nombre s'il y a lieu) et sa *fonction.*

1. NATURE

On appelle **nature** d'un mot ou d'un groupe de mots la *classe grammaticale* à laquelle il appartient : *nom* (commun ou propre), *groupe nominal* (c'est-à-dire nom + extensions - article, adjectif, complément du nom, proposition subordonnée relative), *adjectif, pronom, verbe, adverbe, conjonction, préposition* ou *proposition.*

Selon la nature de ce que vous étudierez, l'analyse devra comporter des précisions différentes :

• Pour un **nom**, un **groupe nominal** ou un **adjectif**, il faut indiquer le *genre* (masculin ou féminin) et le *nombre* (singulier ou pluriel).

⇛ **Chat :** nom commun masculin singulier, **vertes :** adjectif féminin pluriel.

• Pour un **pronom**, il faut dire quel est le *nom* remplacé par le pronom puis préciser le *genre* et le *nombre* de ce nom.

⇛ « Le chat *que* j'ai vu est noir. » – **Que :** pronom relatif, remplace « chat », nom masculin singulier.

• Pour un **verbe**, il faut énoncer la *personne* (1re = *je* ou *nous*, 2e = *tu* ou *vous*, 3e = *il*, *elle*, *ils*, *elles* ou *on*), le *nombre* (singulier ou pluriel), le *verbe* – à l'infinitif – dont vous analysez une forme, le *groupe* auquel il appartient puis le *temps* (présent, futur simple ou antérieur, imparfait, passé simple, passé composé, passé antérieur ou plus que parfait pour l'indicatif) et le *mode* (indicatif, subjonctif, conditionnel, impératif, infinitif ou participe).

⇛ **J'étudie :** 1re personne du singulier du verbe « étudier », 1er groupe, présent de l'indicatif.

• Pour une **proposition,** précisez si elle est *principale*, *subordonnée* ou *indépendante*. Quand la proposition est subordonnée, il faut également indiquer *relative* (en citant l'antécédent du pronom relatif) ou *conjonctive* (en précisant quelle est la valeur de la conjonction de subordination qui introduit la proposition.

⇛ « Le chat que j'ai vu quand je suis allé chez ma grand-mère est noir. »
« **Le chat [...] est noir** » : proposition *principale*.
« **Que j'ai vu** » : proposition *subordonnée relative* introduite par le pronom *que* qui a pour antécédent *chat*.
« **Quand je suis allé chez ma grand-mère** » : proposition *subordonnée conjonctive* introduite par la conjonction temporelle *quand*.

• **Adverbes, conjonctions** (de coordination ou de subordination) et **prépositions** ne supposent pas de précisions. Il est d'ailleurs peu vraisemblable que l'on vous demande d'en étudier.

2. FONCTION

On nomme **fonction** les relations qu'ont les différents éléments de la phrase entre eux. Hormis la fonction *verbe*, qui correspond aux mots de nature *verbe*, **fonctions et natures doivent être clairement distinguées.** Ces fonctions sont les suivantes : *apostrophe*, *apposition*, *attribut*, *complément* (du verbe – complément d'objet ou complément circonstanciel – ou du nom), *coordination*, *épithète*, *juxtaposition*, *subordination*, *sujet*.

Attention, il ne peut pas exister de « sujet » sans verbe. Indiquez donc toujours à quoi se rapportent les termes que vous analysez : le nom dont un adjectif est épithète, les deux termes coordonnés par une conjonction, etc.

4 LA SUBSTITUTION

La substitution est également un exercice très courant au Brevet. Il s'agit de réécrire une phrase en modifiant l'une de ses données grammaticales. Ceci peut être plus ou moins compliqué : tout dépend de ce sur quoi porte la substitution.

1. LE GROUPE NOMINAL

Un groupe nominal peut être constitué d'un *déterminant*, d'un *nom* et d'*expansions*. Il est toujours possible de remplacer un déterminant par un autre, plus ou moins précis, et une expansion par une autre plus ou moins complexe. On appelle **déterminants** les *articles* (définis – le, la, les – et indéfinis – un, une, des) et les *adjectifs possessifs* (mon, ton, son, ma, ta, sa, mes, tes, ses, nos, vos, leurs), *démonstratifs* (ce, cette, ces), *numéraux* (ordinaux – premier, deuxième, troisième... – et cardinaux – un, deux, trois...), *exclamatifs* (quel...!), *interrogatifs* (quel...?) et *indéfinis* (quelque, quelques, etc.). Il est possible – en modifiant partiellement le sens de la phrase – de les échanger. Les **expansions** du nom sont : l'*adjectif qualificatif* (épithète ou apposé), le groupe nominal *complément du nom* et la *proposition subordonnée relative*. Il peut être intéressant de changer l'expansion du nom afin d'éviter des lourdeurs syntaxiques. Cette substitution constitue, en outre, un exercice de vocabulaire puisque l'emploi d'un adjectif précis demande une plus grande connaissance de la langue que l'utilisation d'une longue – et peu élégante – périphrase.

⇛ Les coutumes **de nos ancêtres** = *ancestrales*.
Une maladie **que l'on ne peut pas traiter** = *incurable*.

2. LE GROUPE VERBAL

Les exercices de substitution portent souvent sur l'énoncé des circonstances d'une action. En effet, **plusieurs classes grammaticales** peuvent exprimer ces circonstances, qu'elles précisent le lieu, le temps, la cause, la conséquence ou la concession : le *groupe nominal* (qui peut être construit directement – « Il traverse *la cour* » – ou à l'aide d'une préposition – « Il marche *dans la cour* »), l'*adverbe* (« Il marche *rapidement* »), le *verbe à l'infinitif* après préposition (« Il marche *pour se détendre* »), le *gérondif* (« Il marche *en sifflant* »), la *proposition subordonnée conjonctive* (« Il marche *quand il veut* et *où il veut* ») et les *pronoms adverbiaux* « en » et « y » (« Il *en* vient »).

Certains de ces compléments circonstanciels peuvent traduire plusieurs valeurs (temps, lieu, etc.), d'autres une seule. Préférez, pour vos substitutions, et si on vous en laisse le choix, celles qui apportent le plus de précision. Évitez donc les gérondifs.

⇛ « En chantant » = « Parce qu'il chantait », « au moment où il chantait » ou « bien qu'il chantât ».

Attention. Si vous voulez, malgré son ambiguïté, utiliser le gérondif, pensez que, en français moderne, **son sujet doit toujours être identique à celui de la proposition principale.** Vous connaissez peut-être le proverbe « L'appétit vient en mangeant ». Il correspond à un usage classique de la langue (XVIIe siècle). Aujourd'hui, pris au pied de la lettre, il signifie que c'est... l'appétit qui mange. Donc, pas de « En arrivant à la gare, le train partit » si le train s'est arrêté dans cette gare et si c'est vous qui êtes arrivé trop tard !...

3. LES PROPOSITIONS

Des propositions peuvent être *juxtaposées* (« Il a faim. Il va au restaurant. »), *coordonnées* (« Il va au restaurant *car* il a faim. ») ou *subordonnées* (« Il va au restaurant *quand* il a faim », « *parce qu*'il a faim » ou « *s*'il a faim. »).

La simple juxtaposition est souvent le point de départ d'un exercice de substitution. Avant de coordonner deux propositions, vous devez vous interroger sur le rapport que le contexte établit entre elles et chercher à le traduire à l'aide d'une des conjonctions de coordination (*mais, où, et, donc, or, ni, car*). Le passage à la subordination est plus compliqué : il suppose, en effet, de faire très attention aux règles d'accords et à la concordance des temps.

4. UN EXTRAIT DE LONGUEUR VARIABLE

Il est enfin possible que l'on vous demande d'effectuer sur un extrait de longueur variable une substitution qui pourrait porter sur l'ensemble du texte, par exemple de **changer de temps** (attention à la concordance des temps!) ou de passer à la **voix passive** (« Le boucher tue la vache » ⇒ « La vache est tuée par le boucher ») ou au **style indirect** (« Le jardinier dit : " J'aime mes fleurs ". » ⇒ « Le jardinier dit qu'il aime ses fleurs. »).

Attention. Dans le passage au style (ou discours) indirect (ou rapporté), les marques de personnes, les temps et les adverbes peuvent se trouver modifiés.

⇒ Pierre dit : « Paul est un âne. » Paul dira à Jean : « Pierre a dit que *j'*étais un âne » et Jean à Paul : « Pierre a dit que *tu* étais un âne. »

Lundi, Pierre dit : « Paul est un âne »; mardi, Paul se plaint à Jean : « Pierre a dit *hier* que j'étais un âne. »

COMPOSITION FRANÇAISE

1 DES PHRASES CORRECTES

On vous pardonnera plus facilement des fautes d'orthographes que des « fautes de français ». Même si votre composition française (rédaction) part d'une idée intelligente et originale, **vous ne parviendrez jamais à obtenir la moyenne si vos phrases sont lourdes, maladroites ou incorrectes.** Un peu d'attention peut vous procurer les points qui risqueraient de vous manquer.

1. DES PHRASES COMPLÈTES

Relisez attentivement chacune de vos phrases : ce qui est compris entre la majuscule et le point a-t-il une cohérence et une signification satisfaisantes? Attention, vous ne devez pas laisser de titres ou d'abréviations dans la copie rédigée que vous remettrez à la fin de l'épreuve. Les phrases nominales (sans verbe) doivent donc toujours pouvoir être justifiées, sinon, elles passeraient pour des incorrections. **Ne donnez pas à votre correcteur l'impression que vous avez des idées mais que vous lui laissez le soin de trouver comment les exprimer!...**

2. DES PHRASES COHÉRENTES

Méfiez-vous de ne pas vous laisser « entraîner par votre plume » au point d'oublier comment vous avez commencé votre phrase et de la terminer sans tenir compte de la construction initiale. Ne mêlez ni les **genres** (une confusion entre *personnes* et *gens* entraîne parfois des expressions défectueuses comme : * « des personnes qui veulent tout faire par *eux-mêmes* » pour « des personnes qui veulent tout faire par *elles-mêmes*, ni les **nombres** (attention, notamment, aux mots collectifs tels que *une foule de*) ni les **personnes** (ne passez pas de *nous* à *on*).

Méfiez-vous, enfin, des gérondifs, participes présents et infinitifs sans sujet propre exprimé : leur sujet est nécessairement le même que celui du verbe de la proposition principale [voir page 36].

3. LA CONSTRUCTION DES VERBES

Certains verbes se construisent **directement** (sans préposition) et d'autres **indirectement** (avec préposition). Respectez leur construction. **Attention :** deux verbes ne peuvent donc avoir de complément commun que si celui-ci se construit de la même façon avec chacun d'eux.

⇛ Les verbes *craindre* et *s'abstenir* se construisant tous deux avec la préposition *de*, il est possible de dire : « Il craint *et* s'abstient *de* prendre l'avion »; mais, si on emploie *renoncer*, qui se construit avec la préposition *à*, à la place de s'abstenir, il faut alors dire : « Il craint *de* prendre l'avion *et y* renonce » (y = *à* le faire).

4. LES NÉGATIONS

Même si la langue parlée privilégie le *pas*, dans la langue écrite, **l'essentiel de la négation** réside dans le *ne*. Ne l'oubliez donc pas, même avec *personne, rien, jamais, plus*, etc. Attention aux liaisons (« On *n*'a pas ») qui risquent de cacher un oubli! Méfiez-vous également des doubles négations, qui équivalent à une affirmation : « Vous n'êtes pas sans savoir » signifie : « Vous savez. » *Ni* et *sans* contiennent déjà la négation, n'en ajoutez pas!

2 DES EXPRESSIONS A ÉVITER

Il n'est pas toujours facile de savoir si un mot que l'on a l'habitude d'employer est correct ou non. Voici une rapide liste des expressions fautives les plus souvent rencontrées dans les copies. **Évitez-les soigneusement.**

– *Ambiance,* au sens d' « atmosphère pleine d'entrain », est fort familier.

– On *amène* quelqu'un mais on *apporte* quelque chose (sauf s'il est matériellement impossible de porter la chose en question : on *amène* une voiture).

– *Argenté* signifie « qui est recouvert d'argent » ou « qui a la couleur de l'argent ». Pour une personne qui possède de l'argent, employez *riche.*

– *Baser sur* n'est pas correct. C'est un anglicisme (c'est-à-dire une expression anglaise abusivement reprise dans la langue française). Dites *fonder sur.*

– *Classe* a de nombreuses significations... mais pas celle de « chic » que lui donne Aldo Maccione!

– *D'accord* est très relâché (moins, toutefois, que *O.K.*). Évitez-le(s).

– *Décontracté* (et, plus encore, *décontract'*) est très familier, tout comme *cool* (mot anglais). Employez *détendu, insouciant* ou *relâché,* par exemple.

– Un spectacle qui provoque des émotions est *émouvant* (* *émotionnant* n'existe pas).

– *Énormément de* ainsi qu'un bon nombre des expressions habituellement employées pour marquer la quantité (*des tas de, des bottes de,* etc.) appartiennent au registre familier.

– *Grâce à* ne s'emploie que pour un bienfait. Dans le cas contraire, dites *à cause de.*

– *Malgré que* est incorrect. Préférez-lui *bien que.*

– Ne dites pas cinq à six mais cinq ou six.

– *Paniquer* est très familier. Employez plutôt *s'effrayer* ou *prendre peur.*

– *Promettre* signifie « prendre un engagement » et non « affirmer avec force ». On *assure* qu'on dit la vérité.

– *Réaliser,* dans le sens de *comprendre,* est un anglicisme. En bon français, on réalise des bénéfices.

– *Risquer de* ne se dit qu'en mauvaise part. Autrement, employez *avoir des chances de.*

– *Solutionner* (et plus encore * *résolver*) est incorrect. Dites *résoudre.* (Attention à la conjugaison!).

RÉDACTION

3 BIEN ÉCRIRE

Il ne suffit pas d'écrire sans faute pour bien écrire. Il est également indispensable de trouver le **niveau de langue**, le **ton** et le **rythme** convenant à un texte.

1. LE NIVEAU DE LANGUE

Un terme « savant » dans une lettre familière paraît presque aussi déplacé qu'une expression argotique dans un texte littéraire. Soyez donc très attentif à **respecter le registre** de langue que vous adoptez. Généralement, celui-ci doit être « soutenu », c'est-à-dire plus recherché que celui de la langue familière, mais sans affectation.

Or, les termes « familiers »... sont justement ceux qui vous sont les plus familiers. C'est pourquoi il peut vous être parfois difficile de les identifier comme tels. De plus, certains d'entre vous lisent très peu et essentiellement des bandes dessinées ou des romans-photos. Vous manquez donc de « références » littéraires. Toutefois, vous avez nécessairement entendu des adultes parler dans une langue très proche de celle que l'on attend de vous lors d'une composition française. Sans les prendre pour modèles, pensez à eux. Demandez-vous si le directeur de votre établissement scolaire, par exemple, emploierait telle ou telle expression. Mieux encore, **demandez-vous si vous l'emploieriez devant lui**. Votre correcteur a droit aux mêmes égards que votre directeur.

2. LA TONALITÉ

Vous ne vous adressez pas dans les mêmes termes à vos camarades, à vos professeurs, aux parents de vos amis, à vos propres parents et aux inconnus. Le registre, plus ou moins familier ou soutenu, que vous utilisez n'est que l'une des nombreuses marques d'adaptation à votre **interlocuteur**. Le vouvoiement et le tutoiement sont sans doute les plus évidentes, mais il en existe bien d'autres. De plus, la **situation** dans laquelle vous vous trouvez importe également beaucoup : on ne raconte pas des « histoires drôles » à un enterrement!

Comme un morceau de musique, un texte a une certaine *tonalité.* **Il est capital de trouver celle qui convient à votre composition française.** Devez-vous relater une aventure amusante ou inquiétante? Lisez attentivement le texte de base et l'énoncé de votre sujet : on vous le précisera souvent. Si l'on vous demande votre opinion sur l'un des « problèmes » de notre société (comme le chômage, la drogue ou la délinquance) l'humour sera déplacé. Sans vous montrer grandiloquent, adoptez une gravité de rigueur. Ici encore, imaginez que vous vous adressez à un adulte que vous respectez et craignez un peu : vous trouverez ainsi le ton à adopter pour votre correcteur.

Le seul cas où vous avez la possibilité de vous écarter de ces considérations est le style direct. Il convient alors d'adapter votre discours au personnage qui est censé s'exprimer et au contexte dans lequel il se trouve mais attention, évitez les excès... ou justifiez-les (personnage gaffeur, etc.).

3. LE RYTHME

Une phrase n'est pas seulement un ensemble de mots et de liens grammaticaux qui apportent une information au lecteur. Elle peut également avoir une valeur, très développée en poésie, par son **rythme**.

Certes, une phrase toute simple (sujet + verbe + complément) mais correcte est préférable à une phrase plus ambitieuse mais incorrecte. Toutefois, de telles phrases, d'à peine une ligne, mises à la suite les unes des autres finissent par lasser le lecteur. Efforcez-vous, donc, de les étoffer en passant, avec précaution **de la phrase simple** (une seule proposition) **à la phrase complexe** (proposition principale + proposition(s) subordonnée(s)).

Attention, toutefois, à conserver le sens de la mesure : même si vous maîtrisez bien la langue française, une phrase très longue et compliquée où les propositions s'enchaînent « en cascade » sera nécessairement lourde.

Cherchez à éviter la monotonie. Construisez des paragraphes avec des phrases de longueurs différentes. Le contenu de votre narration doit vous dicter le rythme de votre rédaction. Écoutez les journalistes qui commentent les courses de chevaux : leurs phrases sont très brèves, sans développement inutile. Pour décrire un paysage immobile, au contraire, on emploie des phrases beaucoup plus longues et complexes, qui permettent d'entrer dans les détails.

Un petit « truc » pour vous entraîner : chez vous, composez les phrases de vos rédactions en les « disant » à voix basse avant de les écrire. Cet exercice se montrera encore plus profitable si vous lisez, de temps en temps, un peu de poésie à voix haute, de préférence devant des amis ou des parents. Mais attention : au Brevet, le plus petit murmure gênerait vos camarades et risquerait d'être pris pour une tentative de fraude!...

4 RÉCIT, DESCRIPTION ET DISCOURS DIRECT

Vous pouvez écrire pour **raconter** une histoire, **décrire** un objet, un paysage ou un être vivant, ou bien pour **rapporter les propos** de quelqu'un d'autre. Une rédaction privilégie souvent l'un de ces trois genres d'écriture; mais il n'y est que rarement le seul. Il vous faut donc trouver quelle part consacrer à chacun d'eux.

1. LE RÉCIT

Un récit est mené au présent ou au passé (même les romans de science-fiction ne sont pas écrits au futur), avec une préférence pour le passé. Le **temps** employé est, alors, essentiellement le *passé simple*. Donc, si vous ne connaissez pas bien la morphologie du passé simple, **révisez vos conjugaisons.** Attention à la première personne du singulier en *-ai* dans les verbes en *-er* ainsi qu'aux autres groupes, parfois moins prévisibles.

Toutefois, le passé simple s'emploie de moins en moins dans la langue courante, surtout aux 2e et 3e personnes du pluriel. Évitez d'employer des formes qui vous semblent étranges... d'autant plus que les fautes de morphologie y sont bien plus courantes qu'ailleurs. Dans ce cas, vous pouvez, parfois, avoir recours au *passé composé.* Prenez alors garde aux **accords des participes passés.**

L'imparfait, temps des actions qui se répètent ou qui durent, doit être réservé aux faits habituels qui constituent la « toile de fond » d'une histoire.

Un récit comporte de nombreux verbes. Ce sont surtout des **verbes d'action** (comme *manger, boire*, etc.). Cherchez les plus précis d'entre eux, car ils vous permettront de limiter le nombre des adverbes et des compléments circonstanciels – qui ralentissent le rythme.

RÉDACTION

La rapidité de votre narration dépend également de la **ponctuation** : plus les phrases sont courtes et plus le rythme est rapide.

2. LA DESCRIPTION

La description est, en quelque sorte, le « contraire » du récit. Plus rien ne s'y passe. Les verbes d'actions tendent à disparaître au profit des verbes d'état (*être, sembler, paraître,* etc.). Les temps employés sont essentiellement le **présent** et **l'imparfait**. Les précisions sont apportées plus par des **adjectifs**, des **adverbes** ou des **compléments circonstanciels** que par des verbes. Les phrases s'allongent, s'enrichissent de subordonnées.

Mais les meilleures descriptions s'éloignent de cette norme. Vous aurez intérêt, par exemple, à éliminer des formules « passe-partout » comme *il se trouve* ou *il y a.* Vous pourrez même animer votre description comme un récit en écrivant, par exemple, que le lierre *grimpe à l'assaut* du mur ou que le fleuve *descend paresseusement* vers la mer... « **Racontez** » donc en donnant une personnalité aux choses.

3. LE DISCOURS DIRECT

Vous pouvez souhaiter faire parler un ou plusieurs personnages de votre invention. Vous devrez alors **bien séparer ses paroles** du reste de votre rédaction en les mettant entre **guillemets**. Si l'énoncé de ces paroles dépasse une ou deux lignes, présentez-les comme dans les éditions de pièces de théâtre : en allant **à la ligne** à chaque fois que quelqu'un prend la parole et en annonçant le changement d'interlocuteur par un **tiret** près de la marge.

⇛ « Viendras-tu ?

– Oui.

– Et toi ?

– Je ne sais pas. »

Pensez à **adapter la tonalité** de votre rédaction à la personnalité de celui qui s'exprime : un enfant ne parle pas comme un adulte ni un paysan comme un citadin. Cherchez à utiliser le discours direct pour montrer le caractère de vos personnages. Le dialogue doit avoir une utilité dans une composition française, sinon il est préférable de le remplacer par un simple récit. Il peut **rendre plus vivante** une histoire; n'en faites pas une source d'ennui pour votre lecteur.

5 LE PLAN

Une rédaction doit toujours comporter une introduction, un développement et une conclusion. Ceci est vrai, bien sûr, de la composition française mais aussi de toute autre rédaction composée : lettre, rapport, devoir d'histoire, etc.

1. L'INTRODUCTION

C'est par elle que votre lecteur (qui est aussi, au Brevet, votre correcteur) prend contact avec votre devoir. **Soignez-la donc tout particulièrement.** Vous devez lui donner envie de le lire. Pour la perfectionner sans nuire au soin de votre copie, élaborez-la au brouillon.

Le contenu de votre introduction **dépend** entièrement **de l'énoncé** qui vous est proposé. A la limite, si l'on vous demande la *suite* d'un texte, elle peut se réduire à « *Des années passèrent* » ou « *Le lendemain,* Pierre et Paul se retrouvèrent ».

Si vous devez imaginer ce qui *précède* le texte de base, pensez que l'aventure qui vous est racontée dans ce texte **ne doit pas avoir eu lieu**. Vous devez donc faire comme si votre lecteur, vos personnages et vous-même en ignoriez tout. Dans ce cas, une introduction commençant par une phrase comme : « *Quelques jours avant cette mésaventure,* Pierre avait rencontré Paul » est ce que vous pouvez imaginer de plus mauvais : comment, en effet, comprendre cette phrase si on n'a pas déjà lu le récit de « cette mésaventure »? Évitez, d'une manière générale, de tels démonstratifs.

Si votre énoncé vous demande une *réflexion* sur l'un des thèmes abordés dans le texte de base (« Que pensez-vous de... »), votre introduction a pour but de « poser le problème ». Tout d'abord, **partez d'un point de vue un peu plus large**. Attention : il ne s'agit ni de « faire remonter au déluge » (« *De tous temps*, il y a eu des hommes pour... ») ni de généraliser jusqu'à la banalisation (« Nos contemporains *admettent généralement* que... ») Formulez ensuite la question que vous allez traiter (celle qui vous est posée, **en évitant soigneusement de la déformer** plus ou moins intentionnellement). Enfin, annoncez discrètement le plan que vous allez adopter dans le développement de votre devoir.

2. LE DÉVELOPPEMENT

Le corps de votre composition française ne peut pas se constituer d'un vaste paragraphe « fourre-tout » où les idées s'engouffrent comme elles peuvent!... **Un peu d'ordre s'impose.**

Regroupez vos phrases en **paragraphes.** Pour trouver où achever au mieux ces paragraphes, imaginez que vous racontez votre histoire à des camarades ou à votre petit frère et que vous vous arrêtez un instant pour tenir votre auditoire en haleine. Vous pouvez également penser aux feuilletons télévisés ou aux bandes dessinées publiées dans des hebdomadaires qui mettent «*A suivre...*» au moment le plus passionnant (tout en gardant une unité à l'épisode) afin que vous regardiez l'émission le lendemain ou que vous achetiez le magazine la semaine suivante.

L'ordre dans lequel ces paragraphes s'enchaînent est très important : **vous devez partir d'une situation pour arriver à une autre**, si vous suivez l'ordre chronologique, ne revenez pas soudain en arrière sous prétexte que vous avez oublié de mentionner, au moment voulu, un élément important. Vous devez avoir préalablement tout prévu (sans rien – ou presque – rédiger) au brouillon. Pour un sujet de réflexion, l'enchaînement des idées doit être encore plus rigoureux. Vous pouvez, par exemple, « peser le pour et le contre » d'une situation : dans un premier temps, vous en cherchez les avantages, puis vous leur opposez ses inconvénients avant d'analyser, dans une troisième partie, si cette situation est intéressante (c'est-à-dire si elle comporte plus d'avantages que d'inconvénients ou inversement).

3. LA CONCLUSION

La conclusion demande tout autant de soin que l'introduction. En effet, votre correcteur vous donnera une note juste après l'avoir lue. **Ne le laissez donc pas sur une mauvaise impression.**

Ne courez pas le risque de la « bâcler » par manque de temps ou, pire encore, de laisser à votre lecteur le soin de trouver celle qui convient!... **Préparez-la au brouillon,** avant de rédiger (directement) votre développement. Vous pourrez ainsi la recopier, même précipitamment. Il est, d'ailleurs, très bon de concevoir cette fin avant la rédaction du milieu : vous vous obligez ainsi à respecter le plan préétabli. Il existe des correcteurs qui, pour vérifier que vous dominez bien l'organisation (le plan) de votre rédaction, en liront la conclusion juste après l'introduction avant de lire toute votre copie, dans l'ordre, cette fois.

CONCLUSION

Vous allez donc bientôt subir les épreuves du Brevet.

Peut-être n'en voyez-vous pas bien la nécessité. Pourtant, cet examen peut vous être très utile. Tout d'abord, il constitue un excellent **entraînement** pour ceux que vous passerez par la suite : le C.A.P., bien sûr, mais aussi, pour certains d'entre vous, un B.E.P., un B.T. ou – pourquoi pas? – un Bac professionnel ou un B.T.S.? Les qualités que l'on vous y demandera seront toujours – sur des programmes et à des niveaux différents – les mêmes : correction, soin, rigueur et maîtrise des exercices bien plus que « don ».

Certains d'entre vous, malheureusement, se décourageront avant et abandonneront leurs études dès l'an prochain. Pour ceux-là, le Brevet sera sans doute l'**unique diplôme** à proposer pour trouver, bien vite du travail.

Peut-être n'en avez-vous pas encore pleinement conscience, mais le contenu des cours de « français » est, pour tous, particulièrement important. La connaissance du français est, dans notre pays, indispensable. En le maniant aisément, vous simplifierez considérablement votre vie de tous les jours. **Vous aurez sans cesse besoin de communiquer**, oralement ou par écrit, avec d'autres personnes : pour demander un travail ou une augmentation, établir un devis ou une facture, rédiger une lettre de réclamation pour un client qui oublie de payer, envoyer une carte postale pendant vos vacances, etc. Vous ne disposerez alors presque jamais de la possibilité de vérifier quoi que ce soit dans un dictionnaire ou une grammaire. **Apprenez consciencieusement l'orthographe et la grammaire**. Sinon, vous vous sentirez, un jour ou l'autre, handicapé, et vous le regretterez profondément.

En attendant, **bon courage**... et **bonne chance**!

P.S. Un dernier conseil : gardez ce guide. Il vous sera utile au C.A.P. ou aux examens que nous vous souhaitons de présenter. Et de réussir.

EXERCICES ET CORRIGÉS

TEXTE N° 1

N.B. *Ce texte est destiné aux questions et à la composition française, néanmoins vous pouvez vous le faire dicter et le corriger vous-même en distinguant bien les fautes de grammaire des fautes d'usage. Ceci est un excellent exercice puisque vous portez une attention particulière à l'orthographe du texte en le corrigeant.*

« Il y a encore, de nos jours, quelques fées en exercice. Je ne parle pas des grosses dames qui lisent dans le marc de café, je parle des fées, des vraies, qui ont une belle robe constellée de diamants et une baguette magique et qui vous apparaissent dans un tourbillon de lumière.

Seulement l'époque n'est plus très propice aux féeries. Les gens aujourd'hui ne s'intéressent qu'à la science. Ce qui les épate, c'est une voiture qui monte à 200 à l'heure; un crapaud changé en prince charmant ne ferait pas trois lignes dans le journal. Alors les fées se sont faites les plus discrètes possible, elles ont rangé leurs belles robes et tout leur matériel de fées et elles n'usent de leurs pouvoirs qu'en cas d'urgence, et sans le moindre tourbillon de lumière. Elles travaillent incognito.

Il en est une qui s'appelle Mme Mirobola et qui vit à Paris à deux pas de la place des Vosges, à l'angle de la rue des Tournelles et de la rue des Lavandières-Saint-André, au-dessus du pressing qui fait le coin à cet endroit. Et cette

Mme Mirobola est justement une de ces fées modernes, confidentielles et camouflées, mais en même temps capables d'accomplir des choses assez étonnantes...

(Ph. Dumas et B. Moissard, *Contes à l'envers*)

■ *EXERCICES*

Questions

1° Caractérisez la totalité de ce texte.

2° Expliquez : *un crapaud changé en prince charmant ne ferait pas trois lignes dans le journal.*

3° Quel est le sens du mot *exercice* dans ce texte? Inventez deux autres phrases dans lesquelles vous utiliserez ce mot avec deux autres significations.

4° Relevez les propositions subordonnées relatives de ce texte et donnez l'antécédent de chacune d'elles.

5° Quelle est la fonction du groupe de mots *en cas d'urgence* dans la phrase *Alors les fées... tourbillon de lumière*? Remplacez ce groupe nominal par une proposition subordonnée.

Composition française

Vous traiterez, au choix, l'un des sujets suivants :

1° En deux pages environ, imaginez une aventure dans laquelle Mme Mirobola accomplit *une chose assez étonnante.*

2° *Seulement l'époque n'est plus très propice aux féeries. Les gens aujourd'hui ne s'intéressent qu'à la science* : donnez et développez votre avis sur cette réflexion.

■ *CORRIGÉS*

Questions

1° Ce texte est humoristique.

2° Quand un événement paraît particulièrement important aux journalistes, ils lui consacrent une place importante.

On dit qu'il « *fait* » la « Une » (la première page), ou bien une demi-page ou un certain nombre de colonnes (« à la Une » si elles se trouvent en première page). Les faits de peu d'importance (qu'on appelle les *chiens écrasés*), eux, ne « font » que quelques lignes d'une colonne. La transformation d'un crapaud en prince charmant – symbole du conte de fée – serait quelque chose d'extraordinaire, mais les auteurs affirment que cela n'intéresserait pas « les gens d'aujourd'hui ».

3° Dans ce texte, le mot *exercice* désigne le fait de pratiquer une activité professionnelle. C'est un emploi assez rare, que l'on rencontre surtout dans des expressions comme « *exercice* illégal de la médecine » ou « outrage à un magistrat dans l'*exercice* de ses fonctions ». Le mot « exercice » désigne plus souvent une activité physique : « Comme il a tendance à grossir, le médecin lui a recommandé de *prendre de l'exercice* » ou bien des devoirs scolaires : « Comme il n'écoutait pas son cours, le professeur de mathématiques lui a ordonné de *faire un exercice* supplémentaire ».

4° Ce texte contient plusieurs propositions subordonnées relatives :

– « qui lisent dans le marc de café » (antécédent : « grosses dames ») ;

– « qui ont une belle robe constellée de diamants et une baguette magique », « qui vous apparaissent dans un tourbillon de lumière » [ces deux P.S.R. coordonnées par « et » ont pour antécédent « vraies (fées)] » ;

– « qui les épate » (antécédent : « ce ») ;

– « qui monte à 200 à l'heure » (antécédent : voiture) ;

– « qui s'appelle Mme Mirobola », « qui vit à Paris... à cet endroit, [deux P.S.R., coordonnées par « et » ont pour antécédent « une (fée) »] ;

– « qui fait le coin à cet endroit » (P.S.R. contenue dans une autre ; antécédent : « pressing »).

5° Dans la phrase « Alors les fées... tourbillon de lumière », « en cas d'urgence » est un complément circonstantiel de temps que l'on peut remplacer par une proposition subordonnée introduite par la conjonction « lorsque » : « elles n'usent de leurs pouvoirs que *lorsqu'*il y a urgence ». Pour traduire la nuance restrictive, il est également possible de dire : « elles n'usent de leurs pouvoirs que s'il y a urgence » (*s'* = *si*).

Composition française

• *1er Sujet*

Si vous choisissez de traiter le premier sujet, racontez votre histoire au passé en commençant, par exemple, par « Un jour, Mme Mirobola... ». Vous pouvez également réserver l'apparition de votre « fée moderne » pour plus tard et présenter d'abord le « cas d'urgence ». Vous pouvez alors débuter votre composition française comme un authentique conte de fée : par « Il était une fois... »

Toutefois, votre « conte de fée » doit être modernisé : pas de cabane de bûcheron mais des H.L.M., pas de prince charmant mais des producteurs de cinéma, etc.

Néanmoins, un clin d'œil au lecteur, des allusions à des contes célèbres seraient les bienvenus. Par exemple, la filleule de Mme Mirobola, une jeune fille pauvre, s'intéresse à la météo. Sa marraine-fée lui offre une grenouille qu'elle a trouvée devant sa porte. L'animal se révèle un spécimen exceptionnel (par exemple, elle sent l'ail et le persil et il n'y aurait pas besoin de l'assaisonner pour la faire cuire) échappé d'un laboratoire. Le jeune (beau et riche) chercheur qui est le « père » de cet animal part à sa recherche, rencontre la jeune fille et l'épouse.

Ne laissez jamais Mme Mirobola se servir de sa baguette magique : « de nos jours » les citrouilles ne se transforment en carrosse (en Rolls-Royce?) que si on gagne beaucoup d'argent en les vendant...

• *2e Sujet*

Si ce genre de fantaisie ne vous attire pas, vous pouvez traiter le sujet plus « sérieux ».

Dans ce cas, cherchez en quoi les gens d'aujourd'hui s'intéressent particulièrement à la science. Montrez que le progrès a permis d'éliminer bien des idées fausses.

Mais cherchez ensuite si les gens d'aujourd'hui ne s'intéressent effectivement *qu'à* la science, si une certaine superstition ne subsiste pas (les auteurs évoquent eux-mêmes les voyantes « qui lisent dans le marc de café »), si la part du rêve et de l'imaginaire n'est pas, au contraire, plus importante qu'elle n'a jamais été (pensez à la « science fiction » ou aux romans-photos, nouveaux contes de fée où les jeunes filles pauvres épousent de riches Messieurs...).

TEXTE N° 2

N.B. *Ce texte a déjà été proposé comme dictée pour le Brevet des élèves de 3ᵉ préparatoire. Votre épreuve d'orthographe reposera donc sur un texte de longueur et de difficulté comparables.*

Le chat

On le dit curieux, agacé qu'un coin de la maison puisse lui être interdit. Seule, l'inquiétude le maintient aux aguets. Il inspecte, contrôle, vérifie. Il s'assure de la tranquillité des lieux. Des rondes répétées le persuadent que nulle part aucun piège n'est dissimulé, aucun voyageur ou rongeur caché, aucune odeur inconnue. S'il connaissait les dangers du gaz, il surveillerait les boutons de la cuisinière, reniflerait le long des tuyaux, et, arrivé au compteur à gaz, tournerait la manette pour plus de sécurité. Il soufflerait même toutes les allumettes. Mais d'un petit souffle, comme à regret. Car il craint d'autres périls qui ne naissent pas dans les flammes, mais dans l'ombre.

Jean-Louis Hue, *Le Chat dans tous ses états.*

■ EXERCICES

Questions

1° De quelle façon l'auteur parle-t-il du chat? Sur quel ton?

2° Donnez la fonction des groupes nominaux : *l'inquiétude, les dangers du gaz, pour plus de sécurité.*

3° Combien y a-t-il de propositions dans la dernière phrase? Donnez leur nature et leur fonction.

4° Relevez dans le texte un verbe du 1ᵉʳ groupe, puis un verbe du 3ᵉ groupe. Conjuguez chacun d'eux à l'indicatif passé simple.

Composition française

Vous traiterez au choix l'un des sujets suivants :

1° Faites le portrait d'un animal familier autre que le chat ou d'un objet en vous inspirant de ce texte de Jean-Louis Hue.

2° *S'il connaissait les dangers du gaz, il surveillerait les boutons de la cuisinière.* Pensez-vous qu'un animal (chat ou autre) puisse avoir un comportement comparable à celui des êtres humains?

3° Racontez une histoire, vraie ou inventée, où un animal a tenu le premier rôle.

■ *CORRIGÉS*

1° L'auteur parle du chat plus comme d'un être humain que comme d'un animal. Toutefois, il conserve des notations typiquement félines : l'intérêt de l'animal pour les *rongeurs* (souris ou rats, par exemple) et l'importance de son odorat (« *odeur* inconnue », « il *reniflerait* »). L'ensemble est humoristique, mais on devine également une certaine tendresse pour un animal que l'auteur connaît bien.

2° Fonction des groupes nominaux :
– *l'inquiétude :* sujet du verbe « maintenir »;
– *les dangers du gaz* : complément d'objet direct (C.O.D.. du verbe « connaître »);
– *pour plus de sécurité* complément circonstantiel de but du verbe « tourner » :

3° La dernière phrase comporte deux propositions : une proposition principale (« *car il craint d'autres périls* ») et une proposition subordonnée relative (« *qui ne naissent pas dans les flammes, mais dans l'ombre* ») ayant pour antécédent « *périls* ».

4° Vous avez le choix entre :
– *inspecter, contrôler, vérifier, s'assurer, persuader, surveiller, renifler, arriver, tourner* et *souffler* pour le 1er groupe.
– *dire, pouvoir, maintenir, connaître, craindre* et *naître pour le 3e groupe.*

Attention : *répétées, dissimulé* et *caché* sont des adjectifs (comme *inconnue*).

Ils se conjuguent ainsi au passé simple de l'indicatif :

– **1er groupe** (ex. : *inspecter*) : J'inspect*ai*
Tu inspect*as*
Il inspect*a*
Nous inspect*âmes*
Vous inspect*âtes*
Ils inspect*èrent*

– **3e groupe** :

N.B. *Il existe plusieurs types de passés simples au 3e groupe. Vous trouverez, ici,* **tous** *les verbes du texte conjugués, mais, pour cet exercice, vous-mêmes ne devez en donner qu'un seul de votre choix.*

Je d*is*	Je p*us*	Je maint*ins*
Tu d*is*	Tu p*us*	Tu maint*ins*
Il d*it*	Il p*ut*	Il maint*int*
Nous d*îmes*	Nous p*ûmes*	Nous maint*înmes*
Vous d*îtes*	Vous p*ûtes*	Vous maint*întes*
Ils d*irent*	Ils p*urent*	Ils maint*inrent*
(*Idem* pour craign*is* et naqu*is*)	(*Idem* pour conn*us*)	

Achevé d'imprimer sur les presses de
l'Imprimerie Hérissey à Évreux
Dépôt légal : N° 5154 - Mars 1987
N° d'imprimeur : 42084

ISBN 2-7117-0157-3